सपना अभी भी

सपना अभी भी

धर्मवीर भारती

वाणी प्रकाशन

सजिल्द पहला संस्करण : 1993
सजिल्द दूसरा संस्करण : 1994
सजिल्द तीसरा संस्करण : 2023

वाणी प्रकाशन

4695, 21-ए, दरियागंज, नयी दिल्ली 110 002

फ़ोन : +91 11 23273167 फ़ैक्स : +91 11 23275710

शाखाएँ

अशोक राजपथ, पटना 800 004, बिहार

कॉफ़ी हाउस कैम्पस, महात्मा गांधी मार्ग, इलाहाबाद 211 001, उत्तर प्रदेश

महात्मा गांधी अन्तरराष्ट्रीय हिन्दी विश्वविद्यालय, वर्धा 442 001, महाराष्ट्र

36/ए, शेक्सपीयर सरणी, रानी बिरला गर्ल्स कॉलेज के पास, कोलकाता 700 017, प. बंगाल

www.vaniprakashan.com
marketing@vaniprakashan.in
sales@vaniprakashan.in

SAPNA ABHI BHI
by Dharmveer Bharti

ISBN : 978-81-7055-305-2
Poetry

मूल्य : ₹ 295

आर. टेक ऑफ़सेट प्रिंटर्स, दिल्ली-110 032 में मुद्रित

वाणी प्रकाशन का लोगो मक़बूल फ़िदा हुसेन की कूची से

निवेदन

एक लम्बे अरसे, बहुत-बहुत लम्बे अरसे के बाद मेरा कविता संकलन आपके हाथों में। वैसे भी कविताएँ लिखने के बीच-बीच में पहले भी बहुत लम्बे अन्तराल छूटते थे लेकिन इस अवधि में तो एक कविता और दूसरी कविता के बीच में कभी-कभी तो वर्षों का अन्तराल रहा है। इस संकलन में सन् '59 से लेकर सन् '93 तक की कविताएँ हैं—चौंतीस लम्बे वर्ष यानी दो बनवासों की अवधि से भी कहीं ज्यादा। इन दो-दो बनवासों की समवेत अवधि के बाद भी घर लौट पाया हूँ या नहीं —पता नहीं।

—धर्मवीर भारती

30 जुलाई '93

अनुक्रम

कन-कन तुम्हें जी कर 9
उसी ने रचा है 10
रवीन्द्र से 12
दीदी के धूल भरे पाँव 14
सागर पर सूर्यास्त 15
चैती--तीन टुकड़े 16
शब्द तुमने रचे 18
तटस्थता : तीन आत्मकथ्य 19
पुराना किला 23
शेष 29
परिणति 30
खाली हाथ तुम्हारे लिए 32
धीरे-धीरे अन्दरूनी मौत 34
दरबार में एक नवागन्तुक : गणतन्त्र दिवस '68 36
उबुद (बालीद्वीप) की एक दोपहर 39
पत्नी 41
दोस्तो! तुम्हारे बावजूद 43
कभी-अब भी 45
कोई और तुम 46
आखिरकार 47
द्वार 49
एक सुखान्त(?) प्रेम कहानी 50
सोनारू के नाम 52
ग्रीग्री के पास, सूफ्ले की चट्टान पर, तुम्हारे साथ 55
रहो जहाँ हो—सुख से 57

59 प्यार-पकी उम्र का
60 प्रार्थना
62 मुनादी
66 प्रभु के लिए वर्षों बाद फिर एक कविता
68 पर्व
71 अलस्सुबह का प्यार
73 एक कविता इलाहाबाद पर
74 याद उस शहर की
75 क्या फायदा?
77 कदम-पोखर
79 अन्तरात्मा : एक खाली शाम की बातचीत!
85 क्योंकि
87 अनाम
88 गंगा-लहरी

कन-कन तुम्हें जी कर

अतल गहराई तक
तुम्हीं में डूब कर मिला हुआ अकेलापन,
अँजुरी भर-भर कर
तुम्हें पाने के असहनीय सुख को सह जाने की थकन,

और शाम गहराती हुई
छाती हुई तन मन पर
कन-कन तुम्हें जी कर
पी कर बूँद-बूँद तुम्हें—गाढ़ी एक तृप्ति को उदासी...

और तीसरे पहर की तिरछी धूप का सिंकाव
और गहरी तन्मयता का अकारण उचटाव
और अपने ही कन्धे पर टिके इस चेहरे का
 रह-रह याद आना
 और यह न याद आना
 कि चेहरा यह किसका है!

5 मार्च '59

उसी ने रचा है

नहीं–वह नहीं जो कुछ मैंने जिया
बल्कि वह सब–वह सब जिसके द्वारा मैं जिया गया

नहीं,
वह नहीं जिसको मैंने ही चाहा, अवगाहा, उगाहा–
जो मेरे ही अनवरत प्रयासों से खिला
बल्कि वह जो अनजाने ही किसी पगडंडी पर अपने-आप
मेरे लिए खिला हुआ मिला

वह भी नहीं
जिसके लिए पंख बाँध-बाँध सूर्य तक उड़ा मैं,
गिरा–गिर गिर कर टूटा हूँ बार-बार
नहीं–बल्कि वह जो अथाह नीले शून्य-सा फैला रहा
मुझसे निरपेक्ष, निज में असम्पृक्त, निर्विकार

नहीं, वह नहीं, जिसे थकन में याद किया, पीड़ा में
पाया, उदासी में गाया

नहीं, बल्कि वह जो सदा गाते समय गले में रुँध गया
भर आया
जिसके समक्ष मैंने अपने हर यत्न को
अधूरा, हर शब्द को झूठा-सा

पड़ता हुआ पाया—

हाय मैं नहीं,
मुझमें एक वही तो है जो हर बार टूटा है
—हर बार बचा है,
मैंने नहीं बल्कि उसने ही मुझे जिया
पीड़ा में, पराजय में, सुख की उदासी में, लक्ष्यहीन भटकन में
मिथ्या की तृप्ति तक में, उसी ने कचोटा है—
—उसी ने रचा है!

9 मार्च '59

रवीन्द्र से

[रवीन्द्र जन्मशताब्दी के वर्ष : सोनारतरी (सोने की नाव) तथा उनकी अन्य कई प्यारी कविताएँ पढ़कर]

नहीं नहीं कभी नहीं थी, कोई नौका सोने की!

सिर्फ दूर तक थी बालू, सिर्फ दूर तक अँधियारा
वह थी क्या अपनी ही प्यास, कहा था जिसे जलधारा?
नहीं दिखा कोई भी पाल, नहीं उठी कोई पतवार
नहीं तट लगी कोई नाव, हमने हर शाम पुकारा
अर्थहीन निकला वह गीत
शब्दों में हम हुए व्यतीत
हमने भी क्या कीमत दी यों विश्वासी होने की!

नहीं नहीं कभी नहीं थी
कोई नौका सोने की

हमको लेने कब आया कोई भी चन्दन का रथ?

हमने भी अनमने उदास धूल में लिखे अपने नाम
हमने भी भेजे सन्देश उड़ते बादल वाली शाम
जाग-जाग वातायन से देखी आगन्तुक की राह
हाय क्या अजब थी वह प्यास, हाय हुआ पर क्या अंजाम

लगते ही जरा कहीं आँच
निकला हर मणि-दाना काँच
शेष रहे लुटे थके हम, शेष वही अन्तहीन पथ

हमको लेने कब आया
कोई भी चन्दन का रथ?

मई ’60

दीदी के धूल भरे पाँव

दीदी के धूंल भरे पाँव
बरसों के बाद आज
फिर यह मन लौटा है क्यों अपने गाँव;

अगहन की कोहरीली भोर :
हाय कहीं अब तक क्यों
दूख-दूख जाती है मन की वह कोर!

एक लाख मोती, दो लाख जवाहर
वाला, यह झिलमिल करता महानगर
होते ही शाम कहाँ जाने बुझ जाता है—
उग आता है मन में
जाने कब का छूटा एक पुराना गँवई का कच्चा घर

जब जीवन में केवल इतना ही सच था :
        कोकाबेली की लड़, इमली की छवि!

बम्बई आने के बाद पहली रचना

5 दिसम्बर '62

सागर पर सूर्यास्त

लटें छितराती समुद्री हवाओं पर
तैरती है एक गाढ़ी छाप
पतले धनुष होठों की

पंचमी की चाँदनी से
क्षीण, गौर, कटाव वाले बदन को
घेरती है एक आतुर बाँह

यह गुलाबों की परत पर परत पाँखुरियाँ

सेज की सलवटों में छूटी गिरी बेंदी
सरीखा सूर्य सागर पर!

मैरीन ड्राइव से लौटकर
रविवार, 3 फरवरी '63

चैती–तीन टुकड़े

अधखुल ये, व्याकुल ये दो कँपते होठ
रह रह दहकें जैसे फूल दो पलाश के
कटावदार
टेसू कैसे फूले चन्दन की डार?
बन बन में उड़ी महक आग की
ओ मेरे प्यार?

....

प्यार एक : स्वाद मगर होते हैं क्या कई
उड़ते-उड़ते मुझको हल्के से छू गयी
दुबली-पतली पत्ती नीम की
पीली और बहुत कटीली
कड़वा मीठा जादू डार

सँभल-सँभल कर करना पार
चैता के पतझर का वन
ओ मेरे मन!

....

पोखर में काँप-काँप कर फिर थिर हो गयी
परछाईं फूल-लदी डाल की

....

....

आओ चुन दूँ बाँहों पर माथे पर चिपकी
मसली कलियाँ जूही माल की
मेरी बाँहों में घुल जाए यह निंदियारा
प्यारा-प्यारा हारा तन
बेहद सुकुँवार

खण्डवा जाते हुए ट्रेन में
9 मार्च '63

शब्द तुमने रचे

जैसे मेहंदी रची
जैसे बेंदी रची
शब्द तुमने रचे
प्रेम अक्षर थे ये दो
अनर्थ के :
अर्थ तुमने दिया।

'मैं' यह जो ध्वनि थी
अन्ध बर्बर गुफाओं की
अपने को भर कर
उसे नूतन अस्तित्व दिया।
बाँहों के घेरे
ज्यों मंडप के फेरे
ममता के स्वर
जैसे वेदी के मन्त्र गुंजरित मुँह-अँधेरे

शब्द तुम ने रचे
जैसे प्रलयंकर लहरों पर
अक्षयवट का एक
पत्ता बचे।

शब्द तुमने रचे

नवम्बर '63

तटस्थता : तीन आत्मकथ्य

1. रुक्मी की सेना

[महाभारत शुरू होने पर अपनी विशाल सेना ले कर रुक्मिणी का भाई युधिष्ठिर के पास गया। उन्होंने सहायता लेना स्वीकार नहीं किया। फिर वह दुर्योधन के पास गया। उसने भी उसे नहीं स्वीकार किय। वह महाभारत के अठारहों दिन सेना ले कर पड़ा रहा, युद्ध क्षेत्र के पास ही।]

युद्ध
हमें सारे दिन
दूर से सुनाई दिया करता था!

हम बड़े जोधा थे, बड़े फौजदार थे
मगर क्या करते हम
दोनों ही पक्षों को हम अस्वीकार थे

भूल कर भी युद्ध में न जाने के हुक्म थे बहुत कड़े :

वक्त नहीं कटता था : छावनी में पड़े-पड़े

चौसर खेलते थे
दर्शन हाँकते थे
कौन कहाँ सही है, कौन कहाँ गलत है
बड़ी निष्पक्षता से बैठ कर आँकते थे

हममें से लड़ा नहीं
कोई किसी रूप में

खटिया पर लेटे-लेटे
बाहर धूप में
हममें से हर एक युद्ध को, संकट को
बड़े बारीक स्तर पर जिया करता था
बात सिर्फ इतनी थी—शामिल नहीं थे हम—
युद्ध हमें दूर से सुनाई दिया करता था!

2. सम्पाती

[जटायु का बड़ा भाई गृद्ध जो प्रथम बार सूर्य तक पहुँचने के लिए उड़ा, पंख झुलस जाने से समुद्र तट पर गिर पड़ा। सीता की खोज में जाने वाले वानर उसकी गुफा में भटक कर उसके आहार बने।]

···यह भी अदा थी एक मेरे बड़प्पन की
कि जब भी गिरूँ तो गिरूँ मैं समुद्र पार :
मेरे पतन तट पर गहरी गुफा हो एक—
बैठूँ जहाँ मैं समेट कर अधजले पंख
ताकि वे सनद रहें···
जिनको दिखा सकूँ कि पहला विद्रोही था मैं
जिसने सूरज की चुनौती स्वीकारी थी
सूरज बेचारा तो अब भी अपनी जगह
उतना ही एकाकी वैसा ही ज्वलन्त है
मैंने, सिर्फ मैंने चुनौतियाँ स्वीकारना बेफायदा समझ कर
बन्द कर दिया है अब!

सुखद है धीरे-धीरे बूढ़े होते हुए
गुफा में लेटकर समुद्र को पछाड़ें खाते हुए देखना

कभी-कभी छलाँग कर समुद्र पार करने का
कोई दुस्साहसी इस गुफा में आता है
कहता हूँ मैं आ तू! ओ अनुगामी तू मेरा आहार है!
(क्योंकि आखिर क्यों वे मुझे याद दिलाते हैं

मेरे उस रूप की, भूलना जिसे अब मुझे ज्यादा अनुकूल है!)

उनके उत्साह को हिकारत से देखता हुआ
मैं फिर फटकारता हूँ अपने अधजले पंख
क्योंकि वे सनद हैं
कि प्रामाणिक विद्रोही मैं ही था, मैं ही हूँ

नहीं अब कोई संघर्ष मुझे छूता नहीं
वह मैं नहीं
मेरा भाई था जटायु
जो व्यर्थ के लिए जाकर भिड़ गया दशानन से
कौन है सीता?
और किसको बचायें? क्यों?
निरादृत तो आखिर में दोनों ही करेंगे उसे
रावण उसे हर कर और राम उसे जीत कर
नहीं, अब कोई चुनौती मुझे छूती नहीं
....
गुफा में शान्ति है...
....
कौन हैं ये समुद्र पार करने के दावेदार
कह दो इनसे कि अब यह सब बेकार है
साहस जो करना था कब का कर चुका मैं
ये क्यों कोलाहल कर शान्ति भंग करते हैं
देखते नहीं ये
कि सुखद है मेरे लिए झुर्रियाँ पड़ती हुई पलकें उठा कर
गुफा में पड़े-पड़े समुद्र को देखना........

3. बलराम

[कृष्ण के क्रोधी भाई जो युद्ध के दौरान कन्धे पर हल ले कर दूर-दूर घूमते रहे]

उसने चुना पांचजन्य

मैंने लिया हल काँधे
वह बना अगुआ
उसने युद्ध के व्यूह बाँधे

मैं रहा अलिप्त,
मैंने अथक पद-यात्रा की, गाँव-गाँव, खेत-खेत
बीच-बीच में मैंने युद्ध पर निर्णय दिये
भीम है गलत और सही है दुर्योधन
(तुम चाहे लड़ो पर मानो मुझे सन्त जन)

मेरा शान्ति प्रवचन
'कोई मुझे वैरी नहीं कोई मुझे प्यारा नहीं'
(मुँह-दर-मुँह मैंने कभी संकट स्वीकारा नहीं)

जिसे युग बदलना हो
वह रहे बदलता
मैं तो सन्तुष्ट हूँ
भोले गाँव वालों की कृपा पर पलता!
न मैं पक्ष में हूँ न मैं विरोधी हूँ
युग से असंगत हूँ
नहीं किसी पर कुछ मेरा वश चलता
इसीलिए क्रोधी हूँ!

उत्तरार्द्ध '64

पुराना किला

सन्दर्भ : 'पुराना किला'

[भारत के स्वातन्त्र्योत्तर इतिहास का सबसे पहला और सबसे बड़ा हादसा था अक्तूबर 1962 में चीन का आक्रमण। उसने न केवल सारे देश को हतप्रभ कर दिया था, हमारी दुखद पराजय ने अब तक पाले हुए सारे सपनों के मोहजाल को छिन्न-भिन्न कर दिया था और मानो एक ही चोट में नेहरू युग की सारी विसंगतियाँ उजागर हो गयी थीं और खुद नेहरू, जिन्हें सारा देश प्यार करता था, पक्षाघात से पीड़ित पड़े थे।

विचित्र यह था कि इस भयानक शून्य को किन्हीं नये मूल्यों से या आदर्शों से भरने की चिन्ता करने के बजाय चिन्ता थी 'नेहरू के बाद कौन?' और सियासत के खेल खेले जाने लगे थे।

उस सारी भयावह परिस्थिति में उभरा था यह बिम्ब—सन् '63 में। कई महीनों के दौरान लिखी गयी थी यह कविता—'पुराना किला'।]

खा···मो···श!
बोलो मत···
एक भी आवाज, एक भी सवाल, लबों की हल्की-सी जुम्बिश भी नहीं
नहीं, एक हल्की-सी दबी हुई सिसकी भी नहीं!

हर दीवार के कान हैं
और दीवार के इस पार का हर कान

दीवार के उस पार चुगलखोर मुँह बन जाता है
जहाँ शहंशाह
हकीमों, नजूमियों, खोजों और नक्शानवीसों से घिरे
अपनी जिन्दगी की आखिरी रात गुजार रहे हैं!

खबरदार!
हिलो मत!
सजदे में झुकने वाला हर धड़ दुआ माँगते हुए
        सिर से अलग कर दिया जाएगा
शहंशाह को भरोसा नहीं कि कौन दुआ माँगने वाला
अपने लबादे में खंजर छुपा कर लाया हो!
किले के बाहर रौंदी हुई फसलें, बिछी हुई लाशें, जले हुए गाँव, भुखमरे लोग:
क्या तुम्हारी दुआ उन्हें लगी जो शहंशाह को लगेगी?

        मौत किले के आँगन में आ चुकी है
और शहंशाह के नक्शानवीस अभी तजवीजें पेश कर रहे हैं
कि किले की दीवारें ऊँची कर दी जाएँ
खाइयों में खौलता पानी दौड़ा दिया जाय
फाटकों पर जहर-बुझे नेजे जड़ दिये जाएँ
अँधेरा, बिल्कुल अँधेरा कर दिया जाय

अँधेरा घुप!
कौन है जो चादर, अगरबत्ती, बेले के फूल और चिराग लाया है
साजिश! खतरा! दौड़ो-दौड़ो अलमबरदारो
खंजर से टुकड़े-टुकड़े कर दो ये चादर, ये गजरे, ये चिराग
मान लिया कि इस अभागिन के बाप, भाई, प्रेमी और बेटे
शहंशाह की खामख्याली से ऊबड़खाबड़ घाटियों में जाकर खेत रहे
पर इसे क्या हक है कि यह
उनके मजार पर इस अँधेरी रात चिराग रक्खे
उस टिमटिमाती रोशनी में मौत को
शहंशाह के कमरे तक जाती हुई पगडंडी दीख गयी तो?

न एक चिराग
न एक जुम्बिश
न एक आवाज

खा मो श

कौन है जो अँधेरे में मुट्ठियाँ कसे
होठ भींचे एक शब्द के लिए छटपटाता है...

ख ब र दा र···

बा अदब···
बा मुलाहिजा···
रास्ता छोड़ो
पीछे हटो
जानते नहीं कौन जा रहे हैं?

हँसो मत बेअदब!
दुख की घड़ी है
दीवाने-खास के खासुलखास विदूषक कतार बाँधे अपने गाँव लौट रहे हैं।
ये हैं जिन्होंने दरबार को हर संकट में राहत दी
कत्लगाह में लुढ़कते हर विद्रोही सिर को
इन्होंने गेंद की तरह उछाल कर दरबार को हँसाया
रियाया के आँसुओं से अभिनन्दन पिरोये
खिंची हुई खालों को ढोलक पर मढ़कर तुकबन्दियाँ बजायीं

अगर मरते वक्त भी ये जहाँपनाह से शिरोपेच और अपनी दक्षिणा लेने गये
तो इन पर खीजो मत—तरस खाओ!
तुम्हें क्या मालूम कि ये बरसों पहले अपने कुटुम्बियों
पड़ोसियों और गाँववालों की फरियाद लेकर आये थे
जहाँपनाह को असलियत बताने!

इनके भयभीत देहातीपन ने जहाँपनाह की दिलबस्तगी की
और तब से ये भयभीत बने रहे दिलबस्तगी की खातिर

हँसो मत
इनके जरीदार दुपट्टों और बड़ी पागों पर!

ये बड़े लोग हैं–
छोटा सा मुँह लेकर अपने गाँवों को लौटते हुए

इनसे इनके कुटुम्बी, पड़ोसी, गाँववाले पूछेंगे
कि क्या तुमने शहंशाह को असलियत बतायी
तो ये किसमें मुँह छिपायेंगे बिना इन पागों और जरीदार दुपट्टों के

पीछे हटो नासमझो
कौन बेदर्द है जो
मखौल में इनके दुपट्टे खींचता है, पगड़ी उछालता है!

बा⋯अदब
बा⋯मुलाहिजा!

एक धुपधुपाती हुई बेडौल मोमबत्ती
खुफिया सुरंगों, जमींदोज तहखानों, चोर-दरवाजों और टेढ़े-मेढ़े जीनों पर
घुमायी जा रही है
दीवारों पर खुदे ये किसके पुराने नाम फिर से दर्ज किये जा रहे हैं?

ये उन अमीर उमरावों के नाम हैं जिन्होंने कभी
मुहरें और पुखराज
बच्चों के मुँह से छीने हुए कौर
नीलम और हीरे
औरतों के बदन से खसोटे हुए जेवर
चमड़े की मुहरबन्द थैलियों में भर कर
शहंशाह को पेशेनजर किये थे!

उनसे किले की दीवारें मजबूत की गयीं
उनसे बेगमात के लिए बिल्लौरी हौज बने
उनसे दीवानखानों के लिए फानूस ढलवाये गये
उनसे मरमरी फर्शों पर इत्र का छिड़काव हुआ
उनसे इन्साफ के घंटे के लिए ठोस सोने की जंजीर ढलवायी गयी

और अब उन तमाम बदनीयत अमीर उमरा के नाम
कत्ल का परवाना भेजा जा रहा है
ताकि खुदा के सामने पेशी के वक्त
पाक नायत शहंशाह के जमीर पर
कोई दाग न छूट जाय

एक धुपधुपाती हुई मोमबत्ती
बिल्लौरी हम्मामों, अन्धी सुरंगों, खुशनुमा फानूसों, खौफनाक तहखानों
इत्र धुले फर्शों, चोरदरवाजों में से घुमायी जा रही है
दीवारों पर खुदे पुराने नामों की शिनाख्त के लिए

उनमें शहंशाह के हमप्याला हमनेवाला जिगरी दोस्तों के नाम हैं!

गजर बजेगा मायूस आवाज में
और सहर होते ही महल का मातमकदा खोल दिया जायगा!
लटके हुए काले परदे, खुली हुई पवित्र पुस्तकें!

लोग मगर ज्यादा मुस्तैद हैं ताजपोशी के सरंजाम में
पायताने बैठे हुए लोगों का मातम में झुका हुआ सिर
ताज पहनने के लिए उठने का अभ्यास करना चाहता है!

मगर बादशाह ने हाथ के इशारे से लुहार बुलवाये हैं
वे ताज को पीट-पीट कर चौड़ा कर रहे हैं
कल सुबह जब ताज पहनने के लिए सिर एक-एक कर आएँगे
तब ताज कहीं बड़ा लगेगा और सिर बहुत छोटे
और एक-एक कर इन सिरों से ताज
और इन धड़ों से सिर उतार दिये जाएँगे

कल सुबह शहंशाह न होगा
पर बाद मदफन उस पुरमजाक बादशाह का
यह आखिरी मजाक अदा होगा

जिसे देख कर
हँसते-हँसते लोटपोट हो जायगी वह तमाशबीन रियाया
जो हँसना खिलखिलाना जाने कब का भूल चुकी है!

या मेरे परवरदिगार
मुझ पर रहम कर!

बदनसीब खुसरू की आँखों में दागी गर्म सलाखों से
जियादा तकलीफदेह है इस बेडौल असलियत को अपनी आँखों देखना
और इसके बाबत कुछ भी न कर पाना!

काश कि मैं भी अपनी निगाहें फेर सकता
मगर मैं क्या करूँ कि तूने मुझे निगाहें दीं कि मैं देखूँ
    और मैं तेरे देने को झुठला नहीं पाता!

मौत किले के आँगन में घूम रही है
और वे हैं कि अभी किले की दीवारें ऊँची कर रहे हैं

खाइयों के पास कँटीले झाड़ बोये जा रहे हैं जिनकी जड़ें
कब्र में दफन नौजवानों की पसलियों में फूटेंगी

ओ!
तूने मुझे क्यों भेज दिया इस पुराने किले में इस अँधेरी रात :
जहाँ मैं छटपटा रहा हूँ
उस बेचैन चश्मदीद पुकार की तरह जिसे एक-एक शब्द के लिए
    मोहताज कर दिया गया हो!

खामो⋯श
खबर दा⋯र
....

उत्तरार्द्ध '65

शेष

कच्चे रास्ते के ठीक बीचोबीच
अब भी राख का धब्बा पड़ा होगा
बहुत पहले कभी मैंने नीम की पीली झरी पत्तियों की ढेरी जलायी थी
(धुआँ कड़वाहट मुझे स्वीकार है!)

खुरदुरे पीपल-तने पर नये ताँबे रंग की उमगी हुई फुनगियाँ
पुलिया पार वाले खेत पर बैठे हुए सुग्गे
हाथ के हल्दिया थापों से रची दीवार उस घर की
कुँइयाँ की जगत पर आगफूली ढाक की डाली
कहीं हैं अब?

बचा है सिर्फ
कच्चे रास्ते के ठीक बीचोबीच अब भी राख का धब्बा
किसी फागुन
जहाँ यों ही कभी मैंने
नीम की पीली झरी पत्तियों की ढेरी जलायी थी।

13 फरवरी '66

परिणति

वे इतने तमाम व्यक्तित्वहीन लोग
चारों ओर की असाधारणता से आतंकित

ताकि वे असाधारणता पर हमला बोल सकें
अतः तलाश करने निकल पड़े
अपने-अपने लिए
असाधारणता का एक कवच-मुखौटा

वे हर मोड़ पर
अपने चेहरे कभी हाथ में ले कर
कभी कनपटियों में खोंस कर
इन्तजार करते रहे कि
राह चलते लोग
उन्हें देखें और आक्रान्त हों

कामकाज का था वक्त
और लोग थे जरा जल्दी में

शाम तक खड़े-खड़े थक गये ये जाँबाज
चेहरों में बोझ होता है
और गरमी के लम्बे बेअन्त दिन

आधी रात नगरपालिका की गाड़ी उन्हें सहेज कर ले गयी

किसी थके हुए क्लर्क ने

आदेश गलत समझ कर
खानापूरी के लिए उन्हें भट्ठी पर चढ़ा दिया
और लो आँच लगते ही
हर चेहरे का कच्चा रंग उतर गया
(आह! वे जो रंग के माहिर थे और हवा में रंग—
बाँधते थे)

मगर अब उनका बदरंग असाधारण चेहरा
हर गली कूचे में चर्चा का बायज बन गया
राह चलते लोग रुक-रुक कर देखते थे
अचरज से अजीव चेहरों की यह कतार
सिलसिलेवार!

आ खि र का र
चर्चा उन्हें मिल गयी

उन्होंने चैन की साँस लेकर सीना फुलाया
और फिर अपने को ढीला छोड़ दिया
(थक चुके थे वे बेचारे इस चेहरेबाजी के मेले
और साधारण असाधारण के झमेले से)

शाम हुई और
उन्होंने चेहरे बाँसों पर टाँग दिये
झंडों की तरह
और कतार बाँध कर जोश भरे नारे लगाते हुए
घर जा कर सो गये।

25 दिसम्बर '66

खाली हाथ तुम्हारे लिए

[मोहन राकेश के जन्म दिन पर]

मैं खाली हाथ आया हूँ
तुम्हारे लिए
जो लाना चाहता था वह सब
ढीली अँजुरी से नदी जल की तरह
कहाँ चला गया?

काश मैं तुम्हें दे सकता आज
इलाहाबाद की वह सर्द सुबह
जब काँपती धूप हमारे साये कितनी दूर तक फेंकती थी

काश मैं ला सकता तुम्हारे लिए
अपनी उसी टूटी साइकिल पर लाद कर
वह छत की दोपहर
बेमतलब घूमना, ठहाके, वे निश्छल
धड़कनें विश्वास भरे दिल की

...विश्वास एक झूठ दरवाजा है
रंग से बना
पुख्ता दीवार पर
बार-बार उस झूठ दरवाजे से तुम्हारा
माथा टकराया
काश हर बार मेरी हथेली होती
तुम्हारे माथे और दीवार के बीच

मगर किसकी हथेलो खाली है
हरेक का माथा मायूसी से टिका है
अपनी हथेली पर!

मैं खाली हाथ आया हूँ
तुम्हारे लिए दोस्त
और जब हाथ में हाथ दिये हम
चुपचाप दिल्ली की बेरौनक सड़कों पर घूमते रहे
हमारे साथ चुपचाप चलता रहा
एक खामोश खालीपन
हमारी हथेलियों की गुथन में
दुबका हुआ

और हम घर से निकलते थे
घर तक आने के लिए
और बार-बार रुक कर पूछते थे

'घर कहाँ है?'

हम सब खाली हाथ आते हैं
एक-दूसरे के लिए!

जनवरी '67

धीरे-धीरे अन्दरूनी मौत

जरूरी नहीं कि कोई दर्दनाक वाकया घटे
कोई जवान मौत, कोई विस्फोटक दुखान्त
चट्टान से किसी जहाज की टकराहट
        जरूरी नहीं

होने को
यह कभी भी हो सकता है यहाँ
किसी अँधेरे मोड़ पर गला घोट कर मारे जाते हुए
किसी राहगीर की घिघियाती अमानुषिक चीख
भरी ट्रक के सामने आता हुआ बच्चा
        ...ओऽऽऽ
जरूरी नहीं कि तुम बेचैन हो
या सोचो कि...यानी कि
सोचो ही नहीं
यह सब महज गाड़ी के शीशे के पार का
एक काँपता हुआ बेमानी दृश्य

अकस्मात् पहिये के नीचे
कुचल जाय एक कबूतर...और खून और पंख
पहिये के साथ घूमते हुए लगातार
एक बार
या बार-बार और तुम सोचो...
यानी कि कुछ सोचो ही नहीं
मुमकिन है!
जरूरी नहीं कि कोई दर्दनाक वाकया घटे

बस यूँ ही किसी बम्बइया बरसात की दोपहर
तुम अनमने बैठे हो
खाली दिमाग खिड़की के पार समुद्र देखते हुए
और चौखट से झूलती
एक अकेली बूँद
खामोश चू पड़ने के पहले
भरसक थमे, रुके, फिर गिरे
और शीशे पर एक लकीर बनाती चली जाय

और तुम अकस्मात् पाओ कि
समुन्दर दो फाँक हो गया है...
और एक लकीर उभर आयी है तुम्हारे अन्दर
अकस्मात् सन्नाटा चीर कर फिर चीख उठा है वही
अँधेरे मोड़ पर मारा जाता हुआ आदमी
ट्रक के सामने आता हुआ बच्चा
और तुम सब छोड़कर कूद पड़े हो
"डरो मत! मैं हूँ! मैं हूँ!"

और बेखौफ तुमने हाथ दे दिया है पहिये और डरे हुए कबूतर के बीच

या...
जरूरी नहीं यह भी
कि तुम्हें याद आये...
सिवा एक रोज रोज रोजमर्रा की मद्धिम मौत
        शीशे पर धीरे-धीरे फिसलती हुई चारों ओर
                        तुम्हारे लिए!
जरूरी नहीं कि कोई दर्दनाक वाकया घटे
कोई विस्फोटक दुखान्त...

महानगर में रहकर अन्दर से खाली होते जाना
उत्तरार्द्ध '67

दरबार में एक नवागन्तुक : गणतन्त्र दिवस '68

[उस वर्ष आकाशवाणी से राष्ट्रीय कविसम्मेलन में कविता पढ़ने का आमन्त्रण पाकर यह कविता लिखी गयी और आकाशवाणी ने बिना एक शब्द की काट छाँट के प्रसारित की]

मुबारक
हजार बार
सद हजार बार
ये जश्न, ये जुलूस, ये झण्डियाँ, बन्दनवार
दिग्-दिगन्त जय-जयकार!

मैं एक नाचीज अपने गाँव-जवार
से आपके दरबार
में आया हूँ डरते-डरते
न कोई स्तुतिगीत
न कोई उपहार
इस बार...
माफ करे!
तलाशी?
शक है बेकार
ये बगल में दबी
लबादे में छिपी छोटी-सी पुरानी पोटली
इसमें कुछ नहीं एकदम
न कोई बम
न हरबा, न हथियार

इसमें चन्द शब्द हैं श्रीमान्

जो मेरे पिता के पिता के पिता ने मरते वक्त सौंपे थे
कि जब सड़क पर से बेगुनाहों का खून धुल जाय
गजर बजे, जंजीरें टूटें और राह खुल जाय
तब इसे खोलना
खुल कर पूरी आवाज में बोलना

दर्दनाक सदियाँ
जले हुए गाँव, रौंदी हुई फसलें
लाशों पटी नदियाँ :
साक्षी हैं कि उन्होंने क्या नहीं सहा
पर इन शब्दों के अलावा
कोई उधार का सत्य
उन्होंने नहीं कहा, नहीं कहा!

इसके लिए पीढ़ी-दर-पीढ़ी बगावत होती रही
जालिमों के खिलाफ
एक बात है साफ
कि इस जर्जर पोटली का एक-एक शब्द कोहनूर है—
—मेरे लिए—
लेकिन शायद इन शब्दों की मुक्ति का दिन अभी दूर है...

बेअदब नहीं हूँ
नतशिर हूँ मैं
जानता हूँ सर्व-फलदायक है आपका दान
फिर, हर पुकार पर छिपने की कोशिश क्यों करता हूँ
शक है बेकार : डरता हूँ
कि कहीं हाथ फैलाने में हाथ से न छूट जाय
वह जो सचमुच है मेरे लिए मूल्यवान
(मरते वक्त कह गये थे वे
कि जो भी पड़े सहना
पर जिसे सच समझो तुम

केवल वही केवल वही कहना!)

इसलिए यह थाती मुझे खामोश सहने दें
जलसे से अलग चुपचाप खड़ा रहने दें
आपको कमी क्या है? आप सर्वशक्तिमान
देखता हूँ द्वारे पर करता है जयगान
कितना बड़ा जुलूस,
(यद्यपि नहीं उसकी अपनी कोई जुबान)
बोलते हैं बेजुबान चलते हैं बिना पाँव
चमत्कार! चमत्कार!

फिर खयाल आता है अकेले में
शायद बेकार की हो मेरी ही उदासी
क्या नहीं है मेले में
फूलों के रथ—घोड़ों की टापें—नाचते वनवासी
मुग्ध जनसाधारण, विद्वन्मंडल विभोर
यही भाव सभी ओर—
"जनता कितनी खुश है जनता अब राजा है
क्या शानोशौकत है क्या बैंडबाजा है
मुबारक
हजार
सद हजार बार
ये जश्न, ये जुलूस, झण्डियाँ, बन्दनवार
दिग्-दिगन्त जय-जयकार।"

उबुद (बालीद्वीप) की एक दोपहर

1

निचाट सन्नाटा ढलती दोपहर
बस सिर्फ कहीं
गाँव में बजते जलतरंग का स्वर

2

सूखता जाल
        पहाड़ी नदी के कगारे पर
हरियाली सारे पर
दूब के चदरे पर हल्दी के छींटे-सी घाम
बाँस की हिलती पत्तियों का थापा—
        हवा के द्वारे पर

3

नारियल के कुंज : हरी पालदार नावें
लाद कर लायी हैं
जादू का एक बड़ा-नीला फूल
दिन में समुद्र बन जाता है

4

सीढ़ी-दर-सीढ़ी
ढलान के खेतों से
        अल्हड़
        सी
        उतरती है

धूप में चमकती जलधार
एक लड़की—किसी को बुलाने को
बाँहें उठाती है बार-बार
वक्ष पर कन्धों पर
निपट बेपरवाही से पहने
सिर्फ धूप और महक

धान की हरियाली जहाँ गाड़ी पड़ जाती है—
उसके पार
टँगा है खामोश एक शीतल ज्वालामुखी

5

चम्पे की लदी झुकी डाल :
काँपता है मन्दिर का पुराना ताल
फूलों के टपकने से

6

कितनी शान्ति है यहाँ
—विस्तार
पत्थर की पगडंडियों पर घूमता हुआ
उतर जाता है
ढलान के पार;
संसार
छूट गया पता नहीं कहाँ!

[इण्डोनेशिया के बालीद्वीप में एक गाँव है—उबुद। वहाँ पीढ़ियों से केवल चित्रकार, कवि, कलाकार ही बसते आये हैं। उस यात्रा की सबसे गहरी उपलब्धि थी यह उबुद की दोपहरी अनुभूति]

सम्भवतः सितम्बर '68

पत्नी

थकी हुई—बेहोश-बच्चों के बीच
सोयी है एक लड़की
जो आधी-आधी रात महकते आम के बौर
का जादू महसूस करती थी—मेरे
पास, बात पर बात, होठों के बीच तलाशते होठ
एक छोटा-सा शब्द जो नाम दे सके उस सब को
जो था मेरे और उसके बीच—घेरे था हमें
जिसके पीछे पागल हम विराट् अज्ञात में मुड़ गये थे
जुड़ गये थे हम प्रणामबद्ध हाथों की तरह

दिन भर की थकान, अलगाव, कभी-कभी दरार
तनाव, तकरार के बाद सोयी है एक लड़की
नींद में तलाशती हुई वे जूही के फूल
जो बिस्तर में मसल कर नीचे गिर गये थे
तलाशती हुई वह समुद्र का ज्वार—क्वाँरी माँग के पार—
वह संसार जो बना था सिर्फ
फूल और धूप और नशे और प्यास से
और छत पर चाँदनी में पीपल पत्तों-से काँपते
निर्वसन शरीर के उजास से

नींद में
बरसों बाद उमगता है वह छोटा-सा शब्द
जिसे डाल से लाल कनेर की तरह तोड़ने को वह बढ़ाती है हाथ—
हाथ जो असल में थपकी देता है पास में कुनमुनाती हुई
बच्ची को और थकान की अस्फुट कराह के साथ

करवट बदल कर वह फिर बह जाती है
उसी लौटते ज्वार में जहाँ
महकते आम की सुगन्ध जाल में छटपटाती है सोन मछली
और वह तुरन्त लौट आती है क्योंकि किनारे पर है दूसरा बच्चा—
तखत के—कहीं गिर न जाय—

थकी हुई बेहोश, बच्चों के बीच
सोयी है एक लड़की—और
आम के बौर और बसन्त की धूप और
छत की चाँदनी जाग-जाग कर तलाशते हैं वह एक शब्द
छोटा-सा शब्द जो जूही के मसले फूल की तरह बिस्तर से
पता नहीं कब कहाँ गिर गया!

अक्तूबर '68

दोस्तो! तुम्हारे बावजूद

गीली रेत पर पाँव के निशान
और भीगी सरपत
और शाम की हवा
और उड़ते बाल
गुजर गये : एक सैलाब
फेंक गया कहाँ से कहाँ! कलई उतरे हुए शब्द
मुर्दार चेहरे, झूठी अकड़ की बैसाखी पर
लँगड़ाते हुए लोग, पहले कभी ली हुई छलाँगों
को बाजार में भुनाते हुए, गुजिश्ता साहस के
किस्से सुनाते हुए, पिट कर भुनभुनाते हुए, गाते हुए
उदात्त यशगाथा उन विजय-समारोहों की
जिनके शामियाने उखड़ चुके, रुके हुए एक जगह...
कई बरस से रुके हुए...
            दोस्तो, मन को क्या करूँ
कि आज के दिन कभी-कभी लौटता है फिर उसी गाँव गोकि
मालूम है कि लौटायेगी नहीं
नदी वे पाँव के निशान जो पोंछ कर ले गयी
            और भीगी सरपत और शाम की हवा और
उड़ते बाल और भी ताजे होते जाते हैं साल-दर-साल
            नहीं—
            वहाँ उस रेत पर कोई और लोग हैं वे
जो हाथ में हाथ डाले सचाई खोजते हुए भटक रहे हैं...
उनमें मुझे तुम क्यों नहीं मिले?
□

गाँव के सिवान पर तलैया में
एक जलकुम्भी फूटी और मौसम पूरे तालाब को
उढ़ा गया एक खुशनुमा बैंजनी चादर
मगर तुम पता नहीं वहाँ किसे मार कर लाये
और कीचड़ में गहरे दबा गये—
और फिर कुछ देर पीपल के नीचे कानाफूसी करने के बाद
अँधेरे में धीरे-धीरे लौट गये—

चन्द अलफाज कुछ लिखावटें और एक जख्म
तालाब में मिले, और तुम उधर से गुजरे और सिर हिला कर बोले—
'हत्या?' नहीं, नहीं, नहीं, हम नहीं कोई और! शायद वह खुद—
शायद इतिहास...

तुम्हारे कीचड़ लगे हुए जूते मुखबिर न बन जायँ
इसलिए तुमने उन्हें सिर-आँखों पर रख लिया
और उनके छेद में से देखते रहे

इतिहास...

और एक जख्म फैलता गया सारे गाँव
की हवा में और तुम उसे हाथों से रोकने की नाकाम कोशिश में
सहमे हुए दोहराते रहे—नहीं, नहीं, नहीं—हम नहीं—वह खुद!

धीरे-धीरे तुमने घरों से निकलना बन्द कर दिया
और इतिहास? वह फिर दबे-पाँव आया मौसम की तरह
और जख्म पुर गये और गाँव के सिवान पर
फिर खिल उठा एक बैंजनी फूलों-भरा तालाब—तुम्हारे बावजूद!

25 दिसम्बर '68

कभी-अब भी

कभी क्षीण कटाव वाले बदन के
अब पके गह्वर ढलानों में
बहुत ज्यादा, बहुत गाढ़े नशे हैं!

नरम अंगों पर फिसलते अँधेरे में
कहीं अब भी रात जागी बहुत कड़ुवाई
पलक के, शिथिल तन के
खुले मन के वे बहुत प्यारे सबेरे बसे हैं!

दुःख दरारें दर्द सब हों : पर सभी को घेर कर
एक चुम्बन है बहुत तीखा—
एक आस्था, एक मांसल प्यास है
एक उजियाली उमग में तुम्हें ये मेरी भुजाएँ कसे
हैं!

दीपावली, 9 नवम्बर '69

कोई और तुम

फूल रची रातों में
बाँह गहे बेसुध सी, मैंने जिसे जाना था
वह तुम नहीं थीं, या कोई और तुम थीं
या तुम तो वही थीं जो हो
सिर्फ,
मेरे मन पर सतरंगा ताना-बाना था
अपनी बुनावट का!

पर वह तो मेरा नहीं था—समर्पण वह
जादू भरे कवाँरे आतुर तन का
आज भी जिसे मैं अक्सर ढूँढ़ा करता हूँ, छूकर तुम्हें
बाँहों पर, माथे पर, होठों पर, पलकों पर—
क्या यह वही है कपूरी तन?
या वह मेरे ही शब्दों में घुल रीत गया
बीत गया बातों ही बातों में

रात-रात जागी निंदारी आँखों को कड़ुआता
अनियारा सवेरा वसन्त का
अब भी दुबका है कहीं मेरी इन पलकों तले
जो फिर थक कर कड़ुवा आयी हैं
ताकते हुए अपलक शून्य में, पुकारते हुए तुमको
तुम्हीं को, अकेले तुम्हीं को—
क्योंकि दृष्टि ये, शब्द ये
पाये थे इसीलिए कि इनसे तुम्हें पाना था!

17 जून '72

आखिरकार

मुँह-अँधेरे बौर की महक
 और आँगन में जाड़े की बतियाती दोपहरें—
 खत्म किताब की तरह मैंने बन्द कर दीं।
सिर्फ आँखों में देर तक कसकते रहेंगे वे अक्षर
जो लिख गया था वसन्त तुम्हारे होठों पर

और बरसों बाद एक दिन तुम खोलोगी होठ
और तुम्हारे बोलते ही झूठ पड़ जायगी
वह धूप और फूल और रेशम की भाषा
जो मैंने बुनी थी तुम्हारे लिए सिर्फ, एक अलसाये दिन की खामख्याली में

 और अकस्मात् थक कर झूल जायगी मेरी बाँह
 जो एक खामख्याली को तमाम दुनिया से बचाने के लिए
 तलवार भाँजती रही खाहमखाह

और क्षत विक्षत विजयी मैं
उनके पाँवों में तलवार रखकर लौट जाऊँगा एक
 खामोश उदासी में—
जिन्होंने पहले चिताया था कि भाषा रेशम नहीं है कि
 उसमें कीड़े की तरह दफन हुआ जाय—

कितना होता है सचमुच प्यार,
कितना प्यार करने का जिद्दी अहंकार
जिसे हम बुन लेते हैं अपने चारों ओर
चुन लेते हैं एक स्थिति कीड़े की तरह दफन होने के लिए

अतल ताल में फेंकी कंकड़ियों की तरह एक-एक कर
अपना सब कुछ खोने के लिए?

—अब यह भी नहीं पूछुँगा;
सिर्फ महकते सबेरे, बतियाती दोपहरें—खत्म किताब की तरह
बन्द कर दूँगा
खामोशी से—

नवम्बर '72

द्वार

एक अकेलेपन से दूसरे अकेलेपन
में पहुँचते हुए मैं हर बार प्यार में से गुजरा हूँ

एक गहरा छायादार रास्ता, धीरे-धीरे रेगिस्तान की पगडंडी
में बदलता हुआ जिस पर आगे बढ़ना मुश्किल है, पीछे लौटना
असम्भव, वह रास्ता जो हर रात मेरे सपनों में से गुजरता
हुआ सुबह की पराजित ऊब में फिर उठ खड़ा होता है चलने के लिए
लेकिन कहाँ
सब कुछ है यहाँ—वही नम काँपते होठों पर भटकती उँगलियाँ
और अस्फुट फूटते शब्द
और टूटती साँसों की गरम आँच और यह अहसास
कि दरवाजे के बाहर छोड़ आया था जिसे,
खिड़की से झाँकने लगा है वही अकेलापन

कि प्यार सिर्फ एक टूटी गिरी इमारत में खड़ा
एक साबित द्वार है जिसे धड़कते दिल से खोल कर हम सूनेपन से
सूनेपन में पहुँच जाते हैं...

7 जुलाई '73

एक सुखान्त (?) प्रेम कहानी

बादलों से फूटती उजास में लिपटे
हम दोनों साथ
हर ओर से बेपरवाह
हाथ में दुबके हाथ
एक लय में गुँथे
कच्ची डगर पर कच्चे मन का उछाह
अकस्मात् किस मोड़ पर झपट पड़ी हम पर
एक काली गिद्ध रात : विशाल डैनों की–
खूँखार-दबोच में फँसे हम छटपटाते रहे
अपने कमजोर पंजों से नोचते हुए, लड़ते हुए
बीच-बीच में घबरा कर एक-दूसरे से पूछते हुए
'तुम हो तो?'
और उस मौत-भरी घुटन में हमें जिन्दा रखे रहा
यह अहसास कि न हो प्यार, या सुख, या
उजास, पर यह कि एक के लिए दूसरा अभी है⋯अभी है⋯
और कब उन डैनों से उलझते हमारे पंजे
एक दूसरे को लहूलुहान कर गये हम जान भी नहीं पाये
और जान भी नहीं पाये कि कब वह खूँखार रात
हममें पैठ गयी⋯ गहरे बहुत गहरे
काली पड़ी हर जहरीली साँस, हर छुवन हर डुबान
और एक दिन हममें से होकर गुजर गयी वह रात
कब? हम जान भी नहीं पाये
सिर्फ जाना यह कि होश आया तो हम खुद
एक-दूसरे के हाथों लहूलुहान,

एक-दूसरे से भयभीत, एक-दूसरे की बाँहों में
कसे, सहमे हुए विजयी बच्चों की तरह खड़े हैं
अपने ही खंडहरों में—उजड़े वीरान

फरवरी '74

सोनारू के नाम

[देश विदेश कहाँ नहीं घूमा, लगभग आधा संसार लेकिन जो अपनापन मारिशस में पाया वह कहीं नहीं मिला। आज भी उससे जाने कहाँ जुड़ा हूँ। जितना सुन्दर है वह द्वीप उतना ही करुण है उसका इतिहास। जबर्दस्ती पकड़कर ले जाये गये लाखों पूर्वी भारतीय, कोड़े बरसाकर गुलाम की तरह रखे गये। उन्हीं में से एक मिले सोनारू। उम्र लगभग 105, झुर्रीदार साँवला चेहरा और दो आँखें, बाहर नहीं बल्कि अन्दर कहीं देखती हुई, याद करती हुई सारा भयानक इतिहास।
उन्हीं सोनारू भैया के नाम]

चाँद तीखा कटावदार
एक पतली नदी
तेज आरी की तरह पहाड़ को चीरती हुई
हरियाली में फैलती जाती है धार-धार!
सोनारू भैया,
तुम्हारी बातों से ज्यादा याद आती हैं मुझे
तुम्हारी बूढ़ी गीली आँखें
तुम्हारी चमकदार काली जिल्द की झुर्रियाँ, जिनमें
बिहार की गंगा सूखी पड़ी है!
सोनारू,
तुम्हारे दादा से ठगों ने कहा कि
मुरिश चलो
उस तिलिस्मी द्वीप में
पत्थर तोड़ो तो गिन्नी निकलती है

एक फटी गोनी में लिपटे

तुम्हारे पुरखे
पत्थर तोड़ते रहे, और गिन्नियाँ
रेनी साहब की तिजोरी में जमा होती रहीं
और समुद्र में भटकी हुई गंगा मैया जैसी तुम्हारी माँ
बड़े साहब की शराबी साँस से मैली होती रही
और तुम्हारी हड्डियाँ उनके बूटों की ठोकरों से टूटती रहीं

सोनारू,
मुझसे लोगों ने कहा कि भूल जाओ
यह जब था, तब था, अब तो
मन मोह लेते हैं यहाँ
पहाड़ी ढलानों पर खुशनुमा जंगल,
और नगीनों में जड़े हीरे-सी झीलें
पर मैं क्या करूँ कि
गन्ने के खेतों से गुजरते हुए मुझे
सुन पड़ती हैं कोड़ों की आवाजें
और लम्बी धारदार पत्तियों पर दीखती है
फटे हुए सिरों से टपकती रक्तधार
चीड़ के झनझनाते जंगलों में लटके फँसियारे
और झील में से प्रेत-स्वरों में मुझे बुलाते हैं पनडुब्बे!

और जब मैं कहीं भी अकेला खड़ा निहारता हूँ
यह जादू भरा नीलम द्वीप
तुम जाने कहाँ से चुपचाप लँगड़ाते
आकर खड़े हो जाते हो मेरे पास
और मैं देखता हूँ तुम्हारी बूढ़ी आँखें
जिनमें एक गीला इतिहास है
तेज आरी धार वाली नदी
मगर खामोश मजबूर
क्योंकि वही पुराने बूट और कोड़े और गालियाँ
नये खूबसूरत विदेशी शब्द बन कर
पहाड़ की तरह उठ आये हैं चारों ओर!

सोनारू,
तुम्हारे दादा गुजर गये
लेकिन जरा देख लो किन ठग अभी बाकी तो नहीं हैं।

मैं इतने जादू भरे सौन्दर्य से घिरा
इस कटावदार चाँद और पहाड़ी झरने के पास
उदास खड़ा हूँ
जाते समय ले जाऊँगा अपने साथ
सिर्फ यह हरे पन्ने-सा खूबसूरत समुद्र
और तुम्हारी झुर्रियों में सूखी बिहार की गंगा की
एक मुट्ठी रेत—

सोनारू भैया!

[जो मजदूर फाँसी लगाकर मर जाते थे उनके प्रेत को फाँसियारा और जो पानी में डूबकर मरते थे उनके प्रेत को पनडुब्बे कहा जाता था]

28 अप्रैल '74

ग्रीग्री के पास, सूफ्ले की चट्टान पर, तुम्हारे साथ

कितने-कितने लाख बार पृथ्वी
          सूरज के चारों ओर घूम आयी

और यह विराट् अनगढ़ चट्टान
करोड़ों तपती दोपहरों में भुन कर काली
करोड़ों तूफानी बरसातों में घुल कर चिकनी
समुद्र की छाती में धँस कर
इस वीरान तट पर खड़ी रही एक अडिग इनकार की मुद्रा में

कितने कितने कितने लाख फेनफूलों के हार ले कर
गगन चीरती उद्दाम लहर
हजारों हहराते उफानों में बेसाख्ता दौड़ती आती है
टकरा कर उछलती, उफनती, बिखरती
शिलाओं की दरार में घायल साँपों की तरह बल खा कर पैठती
डँस कर उलटती
फन काढ़ कर चट्टानों से भी ऊँची उठ कर झूमती
हारती, कुंडली मार कर घूमती, फिर लौटती है आग बुझी, झाग भरी

और इस इनकार और इस ज्वार
की टकराहट के बीच एक खारी फुहार—
जिस पर धूप सात रंग के धागों से सचमुच बुन जाती है
एक लुकता-छिपता पारदर्शी फूल धनुष

काश कि मैं एक जाल फेंक कर
वापस खींच ला पाता अपना वह कच्चा मन

जिसमें उगा था इसी सतरंग तार वाला प्यार
प्यार जो कभी अडिग चट्टान की तरह अड़ गया था
तुम्हारे लिए, प्यार जो फिर तुम्हीं से टकरा कर
लौटा है बार-बार, टूटते ज्वार की तरह

मैं जाल खींचता हूँ और अब न धनुष, न चट्टान, न ज्वार
वापस मिलती हो सिर्फ तुम
तुम अब शान्त, कगार के पास फैले हरे समुद्री जल की तरह
निंदियार, थपकियाँ देते हुए
और मैं कगार पर उगे गहरे आदिम वन की तरह
तुमसे बहुत दूर—पर दूर-दूर तक
तुम्हीं में छाँह-छाँह डूबा हुआ......

कितने-कितने लाख बरसों से—
सूरज के चारों ओर घूमती रही है पृथ्वी!

मारिशस, 9 मई '74

रहो जहाँ हो–सुख से

अनगढ़ राह
घिरता अँधेरा, बढ़ती थकान, टूटता बदन,
पर अब अकेलेपन
में नहीं पुकारूँगा तुम्हें

निश्चिन्त रहो जहाँ हो–
सुख से–अपने छोटे-छोटे खुशनुमा जालों से घिरी
हवा में झूमते परदे, खिड़कियों से झरती धूप
किलकारियाँ–
आते-जाते लोग, प्रशंसा-वाक्य, तालियाँ
सुकून मकड़ी के जाले की तरह
तुम्हारे चारों ओर बुनता जाय
उदास खड़ा मेरा नेह तुम्हारी राह का हर अटकाव
झुक कर चुनता जाय
बाहर-बाहर सब सधा-नपा उजलाता हुआ
सिर्फ अन्दर कुछ जड़ से धीरे-धीरे घुनता जाय
तो क्या?

कितना (अपजस या) जस देता है एक काँटेदार सच्चाई को
जीवन जीने के लिए
हिम्मत से चुनना
सुनना उस आवाज को जिसे अनसुना कर जाते हैं कायर लोग
लेकिन

लेकिन क्या जरूरी है किसी के लिए एक दुस्साहस को जीवन भर निबाहना

जब चारों ओर आसानियाँ फूलों की तरह बिछी हों
और जस पिछले साहस का काफी हो नशे की तरह
अपने को झुठलाने के लिए

पर मैं क्या करूँ कि अपने को फिर-फिर पाने के लिए
बार-बार तोड़ना पड़ता है
अपने चारों ओर का झूठा पड़ता हुआ जस
और बार-बार चुननी पड़ती है एक सचाई काँटेदार
और फिर निकलना पड़ता है राह पर फटेहाल
जंजाल है सच! यह सच होकर जीना,
मगर झूठ होकर भी जीना क्या जीना
—खाहमखाह—
अनगढ़ राह
घिरता अँधेरा, बढ़ती थकान, टूटता बदन
पर अब अकेलेपन
में नहीं पुकारूँगा तुम्हें

निश्चिन्त रहो जहाँ हो—सुख से

19 सितम्बर '74

प्यार-पकी उम्र का

हर छुवन
एक डायरी है जिसमें
नीले फूलों से लिखी इबारतें
बोल उठती हैं,
क्वाँरे रतजगों का खुमार
हर सिहरन में काँप जाता है
और उभारों पर ठहरा होठ
कितनी दूरियाँ नाप आता है

गोकि उम्र के साथ पक गया है प्यार
और खामोश हो गये हैं शब्द
        कुछ उदास कुछ सर्द
और गहरे झगड़ों की खरोंच
कभी-कभी पिरा उठती है
मगर अब मीठा लगता है वह भी दर्द

बड़े मजबूत हाथों में गुँथा
एक नरम हाथ
बहुत गहराया साथ
निश्शब्द चुपचाप
अर्थ खोजता, पाता,—अनायास
                अपने आप!

22 सितम्बर '74

प्रार्थना

अभी भी सच है
चोंच में तिनका उठाये चहचहाती एक चिड़िया—
धूप झरती जालियों से—
हवा में हिलती हुई टहनी—
ओस से नम घास पर पग-चिह्न—
            अभी भी सच है!

पर कहाँ है
वह घरौंदे-सा खिलौना एक आँगन?
कहाँ हैं वे अँजुरियाँ जो फूल की ढेरी सरीखी धूप भर कर
छींट देती थीं बरोठे पर
कहाँ हैं वह टहनियों जैसी उमगती बाँह
कहाँ हैं वे नर्म नाजुक पाँव जो नम घास की
हल्की छुवन से सिहर जाते थे?

            अभी भी सच है मगर
            यह चोट खाया मन
ओस से नम घास पर जो प्रेत जैसा भटकता है
बिना कोई चिह्न छोड़े, हवाओं के पार
बिछता धूप में—
हर चहकती हुई चिड़िया के लिए चुप प्रार्थना करता—
पंख भी छिन जायँ जिसके
उसे भी दो-चार कण आकाश मिलता रहे—नीड़ वह पाये न पाये!

चहचहाती एक चिड़िया चोंच में तिनका उठाये।
अभी भी सच है!

[एमर्जेन्सी शायद घोषित हो चुकी थी–तानाशाही का खौफनाक आतंक हवा में था–क्या चहकने की आजादी सदा के लिए छिन जायगी या…
ऐसे में एक सुबह धूप नें चहकती गौरैया को देख कर]

5 अक्तूबर '74

मुनादी

खलक खुदा का, मुलुक बाश्शा का
हुकुम शहर कोतवाल का...
        हर खासो-आम को आगाह किया जाता है
        कि खबरदार रहें
        और अपने-अपने किवाड़ों को अन्दर से
        कुंडी चढ़ाकर बन्द कर लें
        गिरा लें खिड़कियों के परदे
        और बच्चों को बाहर सड़क पर न भेजें
                क्योंकि
एक बहत्तर बरस का बूढ़ा आदमी अपनी काँपती कमजोर आवाज में
सड़कों पर सच बोलता हुआ निकल पड़ा है!

शहर का हर बशर वाकिफ है
कि पच्चीस साल से मुजिर है यह
कि हालात को हालात की तरह बयान किया जाय
कि चोर को चोर और हत्यारे को हत्यारा कहा जाय
कि मार खाते भले आदमी को
और अस्मत लुटती औरत को
और भूख से पेट दबाये ढाँचे को
और जीप के नीचे कुचलते बच्चे को
बचाने की बेअदबी की जाय!
        जीप अगर बाश्शा की है तो
        उसे बच्चे के पेट पर से गुजरने का हक क्यों नहीं?
        आखिर सड़क भी तो बाश्शा ने बनवायी है!
बुड्ढे के पीछे दौड़ पड़ने वाले

अहसान फरामोशो! क्या तुम भूल गये कि बाश्शा ने
एक खूबसूरत माहौल दिया है जहाँ
भूख से ही सही, दिन में तुम्हें तारे नजर आते हैं
और फुटपाथों पर फरिश्तों के पंख रात भर
तुम पर छाँह किये रहते हैं
और हूरें हर लैम्पपोस्ट के नीचे खड़ी
मोटर वालों की ओर लपकती हैं
कि जन्नत तारी हो गयी है जमीं पर;
तुम्हें इस बुड्ढे के पीछे दौड़कर
भला और क्या हासिल होने वाला है?

आखिर क्या दुश्मनी है तुम्हारी उन लोगों से
जो भलेमानुसों की तरह अपनी कुरसी पर चुपचाप
बैठे-बैठे मुल्क की भलाई के तिए
रात-रात जागते हैं;
और गाँव की नाली की मरम्मत के लिए
मास्को, न्यूयार्क, टोकियो, लन्दन की खाक
छानते फकीरों की तरह भटकते रहते हैं...

तोड़ दिये जाएँगे पैर
और फोड़ दी जाएँगी आँखें
अगर तुमने अपने पाँव चल कर
महल-सरा की चहारदीवारी फलाँग कर
अन्दर झाँकने की कोशिश की!

क्या तुमने नहीं देखी वह लाठी
जिससे हमारे एक कद्दावर जवान ने इस निहत्थे
काँपते बुड्ढे को ढेर कर दिया?
वह लाठी हमने समय मंजूषा के साथ
गहराइयों में गाड़ दी है
कि आने वाली नस्लें उसे देखें और
हमारी जवाँमर्दी की दाद दें

अब पूछो कहाँ है वह सच जो
इस बुड्ढे ने सड़कों पर बकना शुरू किया था?
हमने अपने रेडियो के स्वर ऊँचे करा दिये हैं
और कहा है कि जोर-जोर से फिल्मी गीत बजायें
ताकि थिरकती धुनों की दिलकश बलन्दी में
इस बुड्ढे की बकवास दब जाय!

नासमझ बच्चों ने पटक दिये पोथियाँ और बस्ते
फेंक दी है खड़िया और स्लेट
इस नामाकूल जादूगर के पीछे चूहों की तरह
फदर-फदर भागते चले आ रहे हैं
और जिसका बच्चा परसों मारा गया
वह औरत आँचल परचम की तरह लहराती हुई
सड़क पर निकल आयी है

खबरदार यह सारा मुल्क तुम्हारा है
पर जहाँ हो वहीं रहो
यह बगावत नहीं बर्दाश्त की जायगी कि
तुम फासले तय करो और
मंजिल तक पहुँचो

इस बार रेलों के चक्के हम खुद जाम कर देंगे
नावें मँझधार में रोक दी जाएँगी
बैलगाड़ियाँ सड़क-किनारे नीमतले खड़ी कर दी जाएँगी
ट्रकों को नुक्कड़ से लौटा दिया जाएगा
सब अपनी-अपनी जगह ठप!
क्योंकि याद रखो कि मुल्क को आगे बढ़ना है
और उसके लिए जरूरी है कि जो जहाँ है
वहीं ठप कर दिया जाय!

बेताब मत हो
तुम्हें जलसा-जुलूस, हल्ला-गुल्ला, भीड़-भड़क्के का शौक है

बाश्शा को हमदर्दी है अपनी रियाया से
तुम्हारे इस शौक को पूरा करने के लिए
बाश्शा के खास हुक्म से
उसका अपना दरबार जुलूस की शक्ल में निकलेगा
दर्शन करो!
वही रेलगाड़ियाँ तुम्हें मुफ्त लाद कर लाएँगी
बैलगाड़ी वालों को दोहरी बख्शीश मिलेगी
ट्रकों को झण्डियों से सजाया जायगा
नुक्कड़ नुक्कड़ पर प्याऊ बैठाया जायगा
और जो पानी माँगेगा उसे इत्र-बसा शर्बत पेश किया जायगा
लाखों की तादाद में शामिल हो उस जुलूस में
और सड़क पर पैर घिसते हुए चलो
ताकि वह खून जो इस बुड्ढे की वजह से
बहा, वह पुँछ जाय!

बाश्शा सलामत को खूनखराबा पसन्द नहीं!

9 नवम्बर '74

[तानाशाही का असली रूप सामने आते देर नहीं लगी। नवम्बर की शुरुआत में ही हुआ वह भयानक हादसा। जे॰पी॰ ने पटना में भ्रष्टाचार के खिलाफ रैली बुलायी। हर उपाय करने पर भी लाखों लोग सरकारी शिकंजा तोड़ कर आये। उन निहत्थों पर निर्मम लाठी-चार्ज का आदेश दिया गया। अखबारों में धक्का खा कर नीचे गिरे हुए बूढ़े जे॰पी॰, उन पर तनी पुलिस की लाठी, बेहोश जे॰पी॰ और फिर घायल सिर पर तौलिया डाले लड़खड़ा कर चलते हुए जे॰पी॰।
दो-तीन दिन भयंकर बेचैनी रही, बेहद गुस्सा और दुःख… 9 नवम्बर रात 10 बजे यह कविता अनायास फूट पड़ी।]

प्रभु के लिए वर्षों बाद फिर एक कविता

धन्यवाद
कृतज्ञ भाव से
कि जब ताजिन्दगी तनाव से
मुरदा हो गयीं—संवेदन शिराएँ
तब तुमने ज्योति की उँगली बढ़ा कर मुझे छुआ…
कुछ नहीं हुआ!

फिर भी—धन्यवाद!

जंजीरें जब गोश्त में भिद कर
हड्डियों में गुँथ गयीं
और दीवारों से टकरा-टकरा कर बुझ गयी दृष्टि
तब तुमने कहा—'बधाई—मुक्ति जीत ली तुमने आखिरकार'
....
आजीवन कारागार में सिमट आये सारी सृष्टि
या सारी मुक्त सृष्टि बन जाय एक विराट् कारागार
क्या फर्क पड़ता है अब—
व्यर्थ है, सब
फिर भी—धन्यवाद!

हथकड़ियों से लहूलुहान अपना हाथ भी अब मुझसे छुआ जाता नहीं
फिर भी अनेकानेक आभार क्योंकि अकृतज्ञ मुझसे हुआ जाता नहीं

लड़ाई बेअन्त थी और नाबराबरों की
क्योंकि तुम सर्वशक्तिमान

और मैं एक मामूली इन्सान
जिसके हजार भ्रम थे—सिर्फ एक चीज मुकम्मल थी—ईमान
और ईमान की कोई गिनती है भी तुम्हारी पद्धति में? मैं नहीं जानता!

इतना जानता हूँ कि लड़ाई बेपनाह थी
मगर हर फिसलन गवाह है कि तोड़ दिये जाने पर भी
मैं अपने ही पाँवों से चला
भले घिसट कर
यह बात दूसरी है कि हर मोड़ पर
तुम्हारे दिये नक्शों ने मुझे छला
कौन-सा हिमालय है जिस पर मैं मरण-राही अर्जुन की तरह नहीं गला
पर उस खूँखार बर्फ में खुद समूचा गल जाने की शर्त
पाल कर भी
बचा लाया ऊष्मा की एक पर्त
मगर क्यों?
क्या इसीलिए
कि उसे क्षमाशील मन से धन्यवाद कह सकूँ
जिसने ये अकारण बेहिसाब कष्ट दिये?
और उसे अब मुक्ति के लिए धन्यवाद कह कर
चुपचाप बाकी दिन निष्काम भाव से अपने कारागार में रह सकूँ?

17 नवम्बर '75

पर्व

तरेरी हुई भौंहें, तने हुए सीने, कसी हुई मुट्ठियाँ
    कहाँ गयीं?
भीख माँगते हाथ, झुकी हुई आँखें
    खुशामदी अदा, कटी हुई पाँखें—
अदृश्य हथकड़ियों को कंगन की तरह खनकाते हुए—
बेड़ियों को पैंजनी की तरह छनकाते हुए—
ये कौन ठुमक-ठुमक कर नाच रहे हैं?
ये कौन सिले हुए होठों से अविराम अभिनन्दन बाँच रहे हैं?
    ये कैसा अजीब त्योहार है मेरे मालिक!
    मैं इसमें कहाँ हूँ?

तो क्या शब्दकोश से मिटा दिया गया
एक गैर-जरूरी शब्द—स्वतन्त्रता
एक तकलीफदेह शब्द जो खाहमखाह याद दिलाता था—
नीला फैला आकाश, खुली खिड़की, आजाद तैरते बादल
पाखी की चहक, झूलती डाली, पहाड़ी नदी
उन्मुक्त चंचल बच्चे
घर लौटते निश्चिन्त बतियाते लोग

अब सहमे हुए लोग बतियाते नहीं
बाँध दी गयी हैं झूमती शाखें
कसी हुई मुट्ठियाँ तरेरी हुई आँखें
रातों-रात बदल गयीं अपने-आप

हवाओं में सिसकता हुआ रुँधे गलों का भयभीत जय-जयकार

परवरदिगार
पर अपनी इस आत्मा नाम की चीज का मैं क्या करूँ
क्या करूँ इस एक-एक शब्द का
जिस पर अमिट है तुम्हारे हाथों की हल्दी छाप

x x x

आला रे आला रे आला!
रद्दी कागज, शीशी बोतल वाला!
आपके घर में जो भी बेकार का सामान हो
सपने हों, सच्चाई हो, आत्मा हो, ईमान हो
मत शरमाइए
बेहिचक ले आइए
हम उसे तोलकर वाजिब मोल देंगे
आपके लिए समृद्धि का द्वार खोल देंगे
ओ हो आप समझते हैं कि आप बहुत बड़े हैं
ईमान में, बुद्धि में, रंग में, रूप में
जनाब! वहाँ मार्केट की सीढ़ियों पर धूप में
बड़े से बड़े बिकाऊ लोग खड़े हैं
गिरती हुई कीमतों की परचियाँ लगाये
क्रान्ति की डलिया में समर्पण सजाये
चले आ रहे हैं एक से एक समझदार
सरे-बाजार—
परवरदिगार!
पर इस आत्मा नाम की चीज का क्या करूँ
क्या इसे थाल में रखकर पेश करता रहूँ
बेकसूर मार खाये बच्चे की तरह आखिर कब तक
डरता रहूँ?

x x x

जिसे पुरखों के अपराजेय ईमान की तरह पाया है

जिसे उगते सुरज के जयगान की तरह गाया है
हर हारती सच को बचाने के लिए जो ढाल की तरह उठी है
बड़े से बड़े झूठ के खिलाफ जो महाकाल की तरह उठी है
वह क्या ज्वार के साथ रेत के पगचिह्न की तरह बह जायगी?
क्या सिर्फ झूठ, सिर्फ झूठ, सिर्फ झूठ की आवाज बाकी रह जायगी?
तो,
परवरदिगार
यह तुम्हारा बुजदिली का त्योहार
मुबारक हो तुम्हें, मुझे अपने एकान्त में लौट जाने दो
और जो झुके नहीं टूट गये, उनकी
पराजय का विजयगान मन ही मन गुनगुनाने दो!

[जब सारा देश एमर्जेन्सी और सेंसरशिप के तले छटपटा रहा था, तब विनोबाजी ने कहा कि इसे हम अनुशासन पर्व के रूप में स्वीकारें]

24 अक्टूबर -75

अलस्सुबह का प्यार

दिन भर हाथों में भरा रहा एक भरा-भरा गुलाबीपन

सीझता रहा
सिर से पाँव तक वह हल्का गुनगुना स्पर्श
और जो कोहरे रंग की धूप सुबह-सुबह हम पर झरी थी
खिड़की से दिन भर झरती रही झर-झर

दिन भर मैं जहाँ भी गया, बार-बार वहीं पहुँचा जहाँ
सुबह का ताजा प्यार गुनगुनाता था रेशम फूल और ताजी हवा
और मैं जो भी बोला
उसका अर्थ हर बार एक काँपते अधखुले चुम्बन-नम होठ ने खोला

किस प्रकार
बरस-दर-बरस गाढ़ा होता जाता है
एक प्यार—अनदेखे अनजाने—
घर के कामकाज में बारीक धागे-सा पिरोया
एक संसार
हजार-हजार बार ताजा हो उठता है
वही फूटती भोर में सिहरता
अपने धूप-लिपे आँगन का पहला हरसिंगार

और दो तन प्रगाढ़ कसाव में

किसी अज्ञात को निवेदित प्रणाम की तरह आबद्ध भरपूर
और दूर से
उन पर आँचल की तरह कोहरे रंग की धूप का छाजन
और दिन भर जहाँ जाओ, जहाँ आओ, जहाँ बैठो, जो बोलो
जो सोचो—हर चीज में महकता रहे
अलस्सुबह का एक भरा-भरा गुदकारा गुलाबपन···

11 दिसम्बर '75

एक कविता इलाहाबाद पर

वही जाड़े की धूप जरतार
जोगिया नैस्टर्शियम, अलसायी जमुना
काँपता कोहरा, सड़कें छायादार
अपने पुराने शहर में
सब कुछ वही है प्रिय अजित कुमार,

मगर कुछ है जो अब वहाँ नहीं रहा
चला गया हमारे तुम्हारे गिरधर सर्वेश्वर रमानाथ के साथ
कभी कभी कभी वापस न लौटने के लिए

वही तो था जिसने इस शहर को
देश की हथेली पर मेहंदी की तरह रचा
मगर फिर वह गया कहाँ?
हमारे तुम्हारे गिरधर सर्वेश्वर किसी के भी पास तो नहीं बचा!

अजित कुमार के एक खत के जवाब में

11, दिसम्बर '78

याद उस शहर की

एक बेअन्त छाँहदार सड़क
घूमती, घाट के जरा आगे
डालियों की घनी बुनावट में
रेशमी धूप के जरी धागे
झिलमिला कर मुझे बुलाते हैं
उस शहर की निचाट सड़कों पर

शाम की हर उदास आहट में
कुछ दगाबाज, पर बहुत प्यारे
दोस्तों के न भूलते चेहरे
किस कदर मुझे याद आते हैं
बेसबब घूमते हुए संग-संग
उस शहर की निचाट सड़कों पर

साँस में उम्र का प्रथम झोंका–
गर्म, आँसू धुला हुआ, खारा
स्वाद पहला पवित्र होठों का–

देहरी पर टिका उदास बदन
एक खामोश विदा–सूनापन
ज्यों सरेशाम टूटता तारा
और बढ़ता अथाह अँधियारा
उस शहर की निचाट सड़कों पर

8 अगस्त '79

क्या फायदा?

क्या फायदा इस बेकार के बोझ से?
उतार दो जिरहबख्तर और फेंक दो ढाल
क्योंकि किसी और की नहीं
वह तुम्हारी ही तलवार होगी
जो एक दिन तुम्हारे वज्र शरीर को चीरती हुई
तुम्हारे हृदय में उतरेगी
        बेशक तुम्हारी ही तलवार
        सिर्फ किसी दूसरे के हाथों में!

छिलके की तरह उतार फेंको कवच
सिर्फ रहने दो अपने शिरस्त्राण के नीचे
सुरक्षित एक जोड़ी चमकती हुई आँखें
—ताकि आखिरी साँस तक
साफ-साफ देख सको अपना तिल-तिल कर रिसना
और बचाये रहो अपनी याददाश्त
ताकि मरते-दम याद कर सको
कि कब किस आत्मदान के क्षण में
चरम विश्वास के साथ
अपनी पगड़ी और अपनी तलवार
तुमने किससे बदली थी?

चीखो मत अपनी भूल के दंड पर—
आत्मदया जगाना

परले दर्जे की कायरता है
माना कि तुम न झुकने वाले अटूट लोहे के थे
पर क्या तुम नहीं जानते कि
चरम भावाकुल क्षणों का
निश्छल विश्वास
वही आत्मीय अन्धा धृतराष्ट्र है
जो पलट कर तुम्हें अपनी बाँहों में कस कर
लोहे के भीम की तरह
पीस कर रख देगा
मगर बड़े प्यार से माथा चूमते हुए

हर लोहे के भीम को पिसना बदा है
खुले रणक्षेत्र में नहीं
किसी आत्मीय महल की
संगमरमरी देहरी पर प्यार से बाँह में कसे जाते हुए!

उतार दो जिरहबख्तर
और फेंक दो ढाल
क्या फायदा इस बेकार के बोझ से!

15 अगस्त '79

कदम-पोखर

ऊपर कदम तरु पर
बाँसुरी बजाते तुम जब ढलती दोपहर
स्वर ऊपर खिंचता हवाओं को खनकाता
शाम घुली अलसायी जमुना के आरपार
पगडंडी, गाँव-गली, घर-आँगन लहराता
सुर-नर-मुनि, जड़-चेतन सब पर करता टोना
नीचे मैं पोखर
कदम तरु के तले एक कच्ची तलैया भर
मैं क्या भला वंशी-स्वर को पकड़ पाता?
मुझको मिला सिर्फ तुम्हारी जलछाया का भार
क्षणभंगुर साया जो दिन ढलते खो जाता
रह जाता मैला जल फैला कोना-कोना

वंशी पर तुमने जो भी जादू गाया हो
पर,
कसम धरा लो जो मैंने कुछ पाया हो!

बँधती होगी जमुना की धारा वंशी से
यहाँ तो हमेशा से बँधा हुआ पानी है
कीचड़ है, काई है, सड़े गले पत्ते हैं
गन्दे जलसाँपों की रेंगती निशानी है

होगी कोई राधा जो खिंच आती होगी–
सम्मोहित गति, खिसका आँचल, अधखुल पायल
मुझमें तो केवल कुछ थकी हुई लहरें बस

अपने से टकराती अपने से ही घायल

ऊपर मेरे तट पर
बजता रहा वंशी-स्वर
करता रहा सुर-नर-मुनि, जड़ चेतन पर टोना
नीचे मैं पोखर
रहा ज्यों का त्यों कीचड़ भर
व्यास को जो दिखा नहीं
सूर ने जो लिखा नहीं
सारी लीला में प्रभु! बिल्कुल निरर्थक रहा मेरा
कदम के तले होना, न होना!

16 अगस्त '80

अन्तरात्मा : एक खाली शाम की बातचीत!

आत्मा?
ठहरो जरा सोचता हूँ
हाँ...ठीक कहते हो...याद आया
एक चीज हुआ तो करती थी
बरसों बरसों बरसों पहले
कैशोर्य में बदलते मेरे बचपन की
दूधिया परतों में लिपटी
नींद में चौंकाते सपनों की तरह
कभी-कभी आये
अनजानी पीड़ा की तरह कसके
कभी अनाम भय की तरह डराये
कभी माथे पर शीतल आशीर्वाद की तरह
सुकून दे जाये...

एक टुटही साइकिल पर
हवाओं को चीरता
फूलों और कोहरे की परतों में से
हैंडिल सँभाल कर गुजरता हुआ
एक लड़का याद आता है
टूटी साइकिल पर लगी थी एक घंटी
जो रह रह कर अक्सर बज उठती थी
सुरीली मगर तल्ख
कभी चेतावनी की तरह, कभी बेवजह
केवल साइकिल पर सवार होने के महत्त्व की घोषणा

कभी डगमगाते हैंडिल को सँभालने की घबराहट में
या कभी अनायास, सिर्फ इसलिए कि
अक्तूबर के खिलते मौसमी फूल
और नवम्बर की धूप
और दिसम्बर में काँपते कोहरे का उल्लास
दौड़ जाता था उसकी उँगलियों में
और दब जाती थी घंटी की जीभ
अपने-आप
और झनझनाती आवाज सुन कर
और सुर्ख हो जाते थे जाड़े के फूल
जैसे आवारा सीटी सुन कर
राह चलती लड़कियों के कपोलों पर दौड़ जाय
लाज और पुलक और झुँझलाहट की
ताजी लाली!

अभाव और अकेलेपन और गर्दिश की चढ़ती उम्र में
आजादी के जलूसों में टुटही साइकिल पर तिरंगा फहरा कर
जेल की चहारदीवारियों के आर-पार गुजरता हुआ
वह एक दिन पहुँचा एक पक्की गली के मुहाने पर
कुछ पुरानी चाल के दुमंजिले मकान
बारिश में उकठे काठ के किवाड़, पलस्तर उखड़ी दीवारें
और ऊपर से झाँकती छड़दार खिड़कियाँ
कैशोर्य के पहले-पहले प्यार में डूबे मन की तरह
बेबाक खुली मगर छड़ों के पीछे अछूती और बन्द—
उतर कर साइकिल हाथ में थाम कर चलता गया वह
और खिड़की पर बैठी एक सीपी-सी पलकों और
शंख-से गले और कुँदरू-से होठ
और हवा में हिलती पीपलपात-सी हथेलियों वाली लड़की
उसे देख कर खिलखिला कर हँस पड़ी
"क्या नायाब साइकिल है, कब्रिस्तान में से खोद कर लाये हैं क्या?"
फिर उसकी निगाह में झलक आयी ममता की बन्दनवार

"सिर्फ इसमें एक चीज है जानदार, यह घंटी
मगर बरसात में अगर जंग खा गयी तो बाबू साहब
किसी ट्रक से टकरा कर बेलन तले के पापड़ बन जाओगे
लाओ मैं इसके लिए सिल दूँ एक मखमली खोल!"
 और उसकी चम्पई उँगलियों में एक सुई
 और बारीक रेशमी धागा, और वह टाँके लगाती गयी
 कभी कपड़े में, कभी घंटी के आर-पार और
 अल्हड़ अनाड़ी वह कभी-कभी चुभो लेती थी
 बारीक सुई अपनी उँगलियों में
 और टपक पड़ती थीं गर्म बूँदें कभी उसकी तर्जनी से
 और कभी उसकी सीपी पलकों से,
 और खोल चढ़ाने के लिए उसने वह घंटी
 अपनी गोद में रख ली

और उसकी गोद में रूखे बालों बिखरा माथा रक्खे
उड़ते बादलों और उसके गले की नीलम नस और गुलाबी उतार चढ़ावों
को देखते-देखते कब, कैसे, कहाँ बीत गयी वह सपनीली उम्र
कुछ पता ही नहीं चला...
 एक दिन वह गया तो उसने पाया कि
 वह सजी है सिर से पाँव तक, सुहाग से दीप्त
 हाथ में वही सुई धागा ले टाँक रही है
 किसी और की कमीज के बटन
 थोड़ी देर तक देखती रही गुमसुम, फिर ठंडी आवाज में बोली–
 "मैं चली जाऊँ तो अपनी चीजें ले जाना, ताख पर
 रख दी हैं सँभाल कर, घंटी भी..."

अब यह याद नहीं कि वह घंटी लाया, या वहीं जंग खाने के लिए छोड़ आया
–इतना याद है कि वह बहुत दिनों तक गली में दीख नहीं पड़ा
फिर दिखा तो उसके हाथ में टुटही साइकिल नहीं थी, वह
खामोश मगर मुस्कराता हुआ तन कर चलने लगा था,
 आत्मविश्वास के साथ

और गली में जो मिलता उससे बोलता बतियाता
उसके कन्धे पर हाथ रखता, गोया सारी आत्मविश्वासी मुद्रा के बावजूद
अन्दर कहीं हिल गया है,
हर कन्धे को टटोलता हुआ कि क्या यह कन्धा कोई सहारा बन सकेगा?

और फिर एक दिन उसका माथा देखा गया
एक खूबसूरत मगर जरा खेली खायी लड़की के कन्धे पर
जो हाथ से उसके बालों को सहलाते हुए, हर आने जाने वाले को
गैरवाजिब इशारे करने का हुनर जानती थी
और चलनी में आसमान छानती थी
लोगों ने कहा "छीः! छीः! किस गड्ढे में गिरा?"
और जब उसे महसूस हुआ कि इस कन्धे पर टँगे-टँगे सूख जायगा
सारा उसका चरित्र
तो वह पल्ला छुड़ा कर बगटुट भागा
और बोले चन्द मित्र "छीः! छीः! कैसा चरित्रहीन निकला?"
बहरलाल बरसों तक गलियों में बड़े चरचे रहे चटखारेदार
और तमाम लोग, बूढ़े जवान सान्त्वना देने के सदुद्देश्य से
उस सुन्दरी के इर्द-गिर्द मँडराते रहे निर्विकार!

अब यह याद नहीं कि उस लड़के का क्या हुआ? कहाँ गया?
बादल, फूल, टुटही साइकिल, सपने, जलूस, मित्र, चरित्र,
सब बन गये एक नामालूम गली के भूले हुए चरचे
परचे में भी उसकी कोई खबर नहीं, न चिट्ठी न पत्री
शायद जिसके लिए वह बना था, ऐसा कोई वाजिब कन्धा उसे मिला
और उसने शुरू किया कुछ कामधाम, रोजी रोजगार का सिलसिला
या यूँ ही हर मोड़ पर भटकता रहा? बहरहाल कुछ दिनों तक
खयालों में खटकता रहा, फिर जो याददाश्त से छूटा
तो पता नहीं बना या टूटा?
और क्या हुई उसकी वह घंटी
उसी आँगन में ताख में पड़ी धूल खा रही है
या उसके अपने आँगन में उसकी सौम्य पत्नी

उसे झुनझुने की तरह बजा कर बच्चों को सुला रही है
या किसी आलीशान दफ्तर में, मखमली खोल जैसी केबिन
की शानदार मेज पर रखी वह घंटी बज-बज कर
चपरासियों और मुलाकातियों को बुला रही है

वह बहुत व्यस्त हो, उस पर बड़े-बड़ों की दुआ हो
बहरलाल मुझसे क्या? उसका कुछ भी हुआ हो?
बात यह है दोस्त कि यह सब बड़ा बचकानापन है
मदहोश जीना, फूलों बादलों जलूसों के सपने में—
और जिन्दगी का सच? वह तो खुद बड़ी खतरनाक चीज है अपने में
इस कशमकश में कितने लोग पड़े, काफी देर अड़े
फिर सुलह का सफेद झंडा फहराकर गिर पड़े, गद्दों पर भहर कर
कुछ जरा जल्दी, कुछ जरा ठहर कर!

यूँ एक खाती शाम काटने को अच्छी हैं ये बातें
मगर घिसी पिटी;
हाँ कभी नयी थीं···
आपने अन्तरात्मा की बात चलायी
तो जाने क्यों मुझे उस लड़के की कहानी याद आयी
वरना मेरे दिमाग से तो बिल्कुल उतर गयी थी···

इसीलिए अभी उस दिन मैं चौंक पड़ा जब कच्ची नींद में
मुझे दीख पड़ा कोई वैसी ही टुटही साइकिल लेकर आता हुआ
बिना सड़क, दीवारों के आर-पार, बेडरूम के द्वार पर
मुस्कराता हुआ
मैंने देखा वही था! चौंक कर पूछा "क्या तुम वही हो
यह सच है या सपना? तुम हो या नहीं हो?"
न होठ हिले, न उसने मुँह खोला, मगर बड़े शान्त स्वर में बोला—
"मैं तो था, हूँ, रहूँगा; तुम अपनी बताओ, तुम अब भी हो या नहीं हो?"
कुछ देर चुप रहा, फिर मैंने धड़कते दिल से कहा—"पहेलियाँ मत बुझाओ!
मैं मान लूँगा तुम वही हो अगर अपना सही नाम बताओ।"
"मैं बताऊँ? कमाल है! तुम अपना नाम तक भूल गये।"

उसने कहा और खिड़की के रास्ते साइकिल खड़खड़ाता हुआ
बरसात धुले पेड़ों पर पैडिल चलाता हुआ अँधेरे में खो गया⋯

अब म्याँ मैं कोई पोंगापन्थी अनपढ़ तो नहीं
कि सपनों से सगुन बिचारूँ, या उनके अर्थ पूछता फिरूँ
और फुरसत भी किसे रक्खी है, कामकाज, घर-गिरस्ती,
दफ्तर, बैंक, अखबारों की गहमागहमी में, इन खामखयालियों के लिए
मैं तो भूल भी चुका था, यह तो आपने अन्तरात्मा की बात चलायी
कि वक्त कटे, जी बहले
तो मुझे याद आयी उस टुटही साइकिल वाले अजीब लड़के की
जो था कभी
बरसों बरसों बरसों पहले⋯

अक्तूबर '80

क्योंकि

...क्योंकि सपना है अभी भी—
इसलिए तलवार टूटी, अश्व घायल
कोहरे-डूबी दिशाएँ
कौन दुश्मन, कौन अपने लोग सब कुछ धुन्ध धूमिल
किन्तु कायम युद्ध का संकल्प है अपना अभी भी
...क्योंकि है सपना अभी भी!

तोड़ कर अपने चतुर्दिक् का छलावा
जबकि घर छोड़ा, गली छोड़ी, नगर छोड़ा
कुछ नहीं था पास बस इसके अलावा
विदा वेला, यही सपना भाल पर तुमने तिलक की तरह आँका था
(एक युग के बाद अब तुमको कहाँ यह याद होगा?)
किन्तु मुझको तो इसी के लिए जीना और लड़ना
है धधकती आग में तपना अभी भी
...क्योंकि है सपना अभी भी!!

तुम नहीं हो, मैं अकेला हूँ मगर
यह तुम्हीं हो जो
टूटती तलवार की झंकार में
या भीड़ की जयकार में
या मौत के सुनसान हाहाकार में
फिर गूँज जाती हो

और मुझको
ढाल-छूटे, कवच टूटे हुए मुझको
—फिर तड़प कर याद आता है कि
सब कुछ खो गया है—दिशाएँ, पहचान, कुंडल कवच
लेकिन शेष हूँ मैं, युद्धरत मैं, तुम्हारा मैं
तुम्हारा अपना अभी भी
इसलिए तलवार टूटी, अश्व घायल
कोहरे डूबी दिशाएँ
कौन दुश्मन, कौन अपने लोग, सब कुछ धुन्ध धूमिल
किन्तु कायम युद्ध का संकल्प है अपना अभी भी
...क्योंकि है सपना अभी भी

25 दिसम्बर '80

अनाम

सख़्त रेशम के नरम स्पर्श की वह धार
उसको नाम क्या दूँ?

एक गदराया हुआ सुख, एक विस्मृति, एक डूबापन
काँपती आतुर हथेली के तले वह फूल-सा तन
हर छुवन जिसको बनाती और ज्यादा अनछुआ
नशा तन का, किन्तु तन से दूर—तन के पार
अँधेरे में दीखता तो नहीं पर जो फेंकता है दूर तक—
लदबदायी खिली खुशबू का नशीला ज्वार
हरसिंगार-सा वह प्यार
उसको नाम क्या दूँ?

वह अजब, बेनाम, बे-पहचान, बे-आकार
उसको नाम क्या दूँ?

21 अगस्त '81

गंगा-लहरी

सदियों से जमी भावना शून्य बर्फ को बूँद बूँद गलाती
अड़ियल ठस चट्टानों को कण कण बालू बनाती
काल के अनन्त प्रवाह को हराती
लहर लहर आगे ही आगे बहती जाने वाली गंगा
अपनी एक लहर, सिर्फ एक छोटी-सी लहर मुझे लौटा दो!

सही कहती हो माँ, कि तुम लहर लहर
आगे सिर्फ आगे ही बढ़ती हो
लौटना लौटाना तुम्हारी प्रकृति में नहीं
पर कभी ध्यान से देखना—लौटती हैं लहरें
बीच के हहराते जलप्रवाह के दोनों किनारों पर
चुपके लौटती हैं छोटी-छोटी लहरें—
उल्टे थपेड़ों से
तट पर विसर्जित फूलों की झालर बनाती हुई—
उन्हीं में से एक लहर, सिर्फ एक लहर ही तो
माँग रहा हूँ माँ!
जलधार के टूटने बनने के इस अनन्त क्रम में
अभी भी कहीं वह एक लहर होगी
जिस पर तिरछी होकर पड़ रही होगी
परछाँही एक दुबली गोरी लड़की की
जिसके हाथों में है एक ताजा गुच्छा लाल कनेर के फूलों का
पानी के काँपने से लड़की के बदन की छाया
कभी दूर चली जाती है लाल फूलों से, कभी आती है पास
कभी-कभी एकमेक हो जाते हैं फूल और बदन और नदी—
नदी रे! दे दे

वह एक लहर मुझे चाहिए ही चाहिए!

जब वह लड़की पहली बार
मेरे घर आयी, बैंठी
घुटने सिकोड़े, चारों ओर से बदन को दाबे ढाँके
खुले दीखते थे सिर्फ दो ललछौंहे पाँव
और तुम्हारी धूप में तैरती झिलमिली सरीखी
उसके गुलाबी नखों की कटीली आभा

एक पूरी उम्र के बाद
इस पूजावेला में उन पाँवों को अँजुरी भर-भर कर
तुम्हारे जल से धोना चाहता हूँ
इतने लम्बे सफर में इतनी दृढ़ता से अनवरत चले
उन पाँवों पर बैठ गयी होगी
सफर की धूल, राह की थकान, कसक और कभी-कभी भटकन—
इन सब को तुम्हारी लहर का जल नहीं हरेगा तो कौन हरेगा भला?

तुम्हारे जिस रेतीले तट पर
उसके पाँवों की छापें छूट गयी हैं
उसी रेत पर बैठा हूँ अँजुरी फैलाये...
अगर मुझे वह लहर, एक छोटी-सी लहर
भी तुम न लौटा सकीं ओ अनन्त प्रवाहिनी
तो भी मैं हारूँगा नहीं
रेत में पड़ा धीरे-धीरे रेत भी हो गया
तो तुम्हारे इस रेतीले कछार में
लौटूँगा बन कर वसन्त
और खिलेंगे पीली सरसों की मेंड़ पर
कहीं एक गुच्छा लाल कनेर के लाल-लाल फूल!

वसंत पंचमी

27 जनवरी '69

□□